देश-विदेश के जीव-जन्तुओं की लोककथाएँ

भालू की पूंछ कैसे गायब हुई

भालू पृथ्वी का एक अत्यंत लोकप्रिय प्राणी है। यहां हम एक ऐसी लोक कथा प्रस्तुत करने जा रहे हैं जो जर्मनी तथा उत्तरी अमेरिका के इरोक्वीस जन-जाति में प्रचलित है और अन्य कथाओं से कुछ हट कर भी है। इस कथा में यह जानकारी दी गई है कि भालू ने अपनी पूंछ कैसे खोई।

सांथिनी गोविन्दन

चित्र

प्रसोनजीत

पैंडा सीरीज़

यूनीकार्न बुक्स की प्रस्तुति

क्या आप जानते हैं कि पहले समय में भालू के शरीर पर लंबी, झब्बेदार पूंछ हुआ करती थी। भालू को अपनी पूंछ पर बड़ा गर्व था। चलते समय वह बड़ी शान से अपनी उस पूंछ को इस प्रकार हिलाता रहता था, जैसे जता रहा हो कि है किसी दूसरे जानवर की इतनी मजबूत और सुंदर पूंछ? भालू की इस हरकत से कई जानवर उससे ईर्ष्या करने लगे थे। उनमें प्रमुख थी—लोमड़ी, जिसे अपनी पूंछ पर स्वयं भी बड़ा गर्व था। उसने भालू को सबक सिखाने का निश्चय किया।

जाड़े का मौसम था। समूचे क्षेत्र में जमकर बर्फबारी हुई थी। बर्फ के कारण झीलें और सरोवर जम गए थे। इलाके में बर्फ की जैसे एक मोटी-सी चादर बिछ गई थी।

लोमड़ी को मालूम था कि भालू जरूर भूखा होगा और अपनी मांद से निकलकर आहार खोजने बाहर जरूर निकलेगा। अतः वह भालू से पहले ही शिकार पर निकली। उसने झील की जमी बर्फ हटाकर एक छोटा-सा गड्ढा खोदा और उसमें सिर डालकर बर्फ के नीचे से मछलियां पकड़ने का प्रयास करने लगी।

उसी समय उसे भालू आता दिखाई दिया। उसके पहुंचने तक लोमड़ी ने काफी मछलियां इकट्ठी कर लीं।

भालू लोमड़ी के पास पहुंचा। उसने मछलियां देखीं तो उसके मुंह में पानी भर आया। बोला, 'अरी लोमड़ी! तुमने इतनी स्वादिष्ट मछलियां कहां से पकड़ीं?'

‘झील के जल से, और कहां से पकड़ती?’ लोमड़ी गर्व से बोली। ‘पर कैसे? क्या तुम्हारे पास मछली पकड़ने वाला कोई हथियार है?’ भालू ने पूछा।

‘मेरी पूंछ ही मेरा हथियार है। उसी की मदद से मैंने इतनी मछलियां पकड़ी हैं,’ कहते हुए लोमड़ी के स्वर में गर्व का भाव आ गया।

‘क्या अपनी पूंछ की सहायता से मैं भी मछलियां पकड़ सकता हूं।’ भालू ने उत्सुकता भरे स्वर में पूछा।

लोमड़ी ने कहा—‘हां-हां, क्यों नहीं! तुम चाहो तो मेरी तरह से अपनी पूंछ की सहायता से ढेरों मछलियां पकड़ सकते हो।’

‘क्या सचमुच! लोमड़ी तुम मुझे बताओ न कि मैं पूंछ से मछलियां कैसे पकड़ सकता हूं?’ भालू ने लोमड़ी से पूछा।

लोमड़ी ने बताना शुरू किया–‘बहुत आसान-सी तरकीब है। पहले बर्फ में एक गड्ढा खोदो। फिर उस गड्ढे में अपनी पूंछ डाल कर बैठ जाओ। पूंछ को थोड़ा-थोड़ा हिलाते रहो। हिलती पूंछ से आकर्षित होकर, खाने वाली कोई चीज समझकर मछलियां तुम्हारी पूंछ के पास आएंगी। जैसे ही तुम अपनी पूंछ में कोई हरकत होती देखो, तुरंत झटका मार कर पूंछ खींच लेना। मछली पूंछ के साथ ही खिंची चली आएगी।’ ‘ऐसा करना तो बहुत आसान है,’ भालू बोला– ‘मैं अभी गड्ढा खोदता हूं।’

भालू गड्ढा खोदने को तत्पर हुआ तो लोमड़ी ने उसे रोका। बोली, 'ठहरो भालू, यहां गड्ढा खोदने से कोई लाभ नहीं है। यहां बहुत कम मछलियां रह गई हैं। मैं तुम्हें ऐसी जगह ले चलती हूं, जहां ढेरों मछलियां हैं।' मूर्ख भालू लोमड़ी की चालाकी भांप न सका। लोमड़ी उसे ऐसी जगह ले गई जहां हवा के लिए कोई रुकावट नहीं थी। वह स्थान पहले स्थान की अपेक्षा अधिक ठंडा था।

लोमड़ी बोली– 'यहां गड्ढा खोद लो और जैसा मैंने बताया है, उसके अनुसार काम करोगे तो तुम्हें बहुत सारी मछलियां मिल जाएंगी।'

भालू ने गड्ढा खोद लिया और गड्ढे में अपनी पूंछ लटका कर बैठ गया। लोमड़ी उसे वहां बैठा कर चली गई।

सारी रात भालू उसी जगह पर बैठा रहा। रात को जोरों की बर्फबारी हुई, लेकिन मछलियां पाने के लालच में भालू वहां से बिल्कुल हिला ही नहीं। सुबह लोमड़ी फिर उसके पास पहुंची और बोली – 'क्यों भालू! तुमने कितनी मछलियां पकड़ीं?'

भालू ने कहा – 'एक भी नहीं। मैं तो यहां बैठे-बैठे दुखी हो गया। भूख भी जोरों की लगी हुई है।'

लोमड़ी बोली – 'अरे, तो फिर पूंछ खींचकर देख क्यों नहीं लेते। हो सकता है दो-चार मछलियां पूंछ से चिपकी हों।'

भालू ने अपनी पूंछ खींचनी चाही, लेकिन वह टस से मस नहीं हुई। सारी रात बर्फ पड़ने के कारण गड्ढा फिर से बर्फ से जम कर पत्थर हो चुका था। भालू ने जोर लगाकर पूंछ खींची तो पूंछ ही टूट गई।

भालू बिना पूंछ का हो गया। वह क्रोधित होकर लोमड़ी की ओर उसे मारने दौड़ा।

किंतु चालाक लोमड़ी तेजी से वहां से भाग निकली। भालू दांत पीसता रह गया।

बस, तभी से भालू की पूंछ गायब हो गई, जो आज तक दुबारा नहीं उगी। तभी से भालू को कभी पूंछ नहीं होती।